92, avenue de France
75013 Paris
Tél. : 01 44 16 09 00
Fax : 01 44 16 09 01
www.plon.fr
www.lisez.com

Mise en pages : Boucle d'Art
Photogravure : Nord Compo et Caméléons
N° d'édition : P31197/01
Dépôt légal : novembre 2022
ISBN : 978-2-259-31197-7

100 PENSÉES sans PENSER

Maurice Barthélemy

PLON

«Une pensée est une
évaporation de l'esprit.
C'est ma buée de secours.»

Moi-même

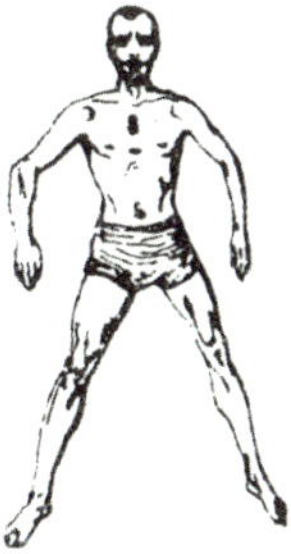

1.

Ne cherche pas l'amour :
il y a de fortes chances
qu'il te trouve.

2.

On sait quand on s'aime.
On sait moins quand on ne s'aime plus.

3.

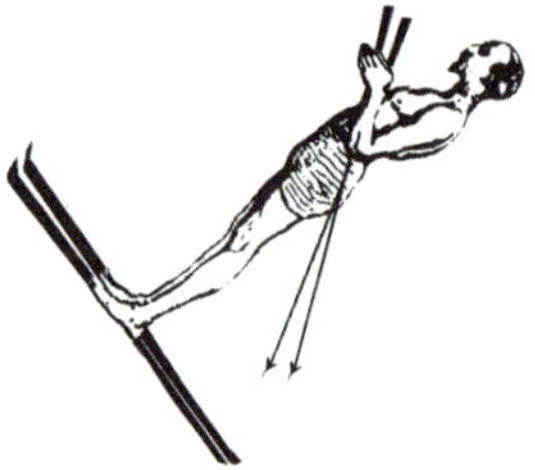

«Skier» :
action qui consiste à monter
tout en haut d'une montagne
pour envoyer des selfies
aux potes du bureau.

4.

Procès Weinstein
Si le procès est renvoyé,
qui va payer les frais de porc ?

5.

Au ski, ce que je descends le mieux,
c'est le vin chaud.

6.

LES ROBINS DES BOIS
Se reformer serait se déformer.

7.

On gagne du temps à lire
À la recherche du temps perdu.

8.

Ne jamais regretter
ce qui n'a pas encore eu lieu.

9.

J'ai soutenu Hidalgo
parce qu'elle énervait tout le monde.
Moi le premier.

10.

Révélation sur Jeanne Calment
Elle avait 458 ans. Selon la CGT.

11.

Réforme des retraites
Napoléon aussi avait reculé.
Sur la retraite de Russie.

12.

Le romantisme ce n'est pas d'offrir des fleurs.
C'est d'offrir des fleurs sans raison.

13.

Réforme des retraites
Tony Parker propose
le départ à la retraite à 36 ans.

14.

Manif pour tous

Le nom n'est pas complet.
C'est « Manif pour tous » sauf
pour les mères célibataires, les LGBT
et tous ceux qui ne pensent pas comme nous.

15.

Quand un banquier meurt,
on utilise RIP ou RIB ?

16.

Pourquoi l'utilisateur
de trottinette ne s'arrête jamais ?
Par peur d'être rattrapé
par celui qu'il a failli tuer.

17.

ÉPIDÉMIE DE GRIPPE
Tousse ensemble !

18.

Disparition de Poulidor
Être un éternel second vaut mieux qu'un éphémère premier.

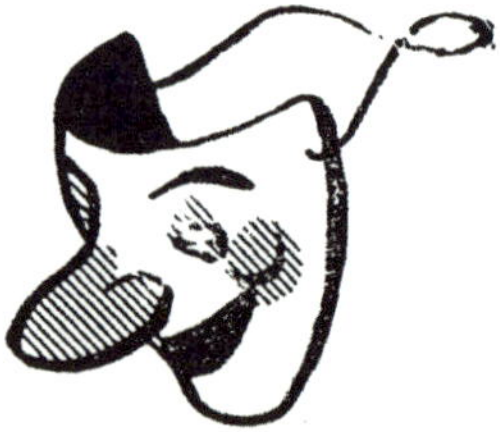

19.

« Pinder »,
c'est une appli de rencontre pour les clowns ?

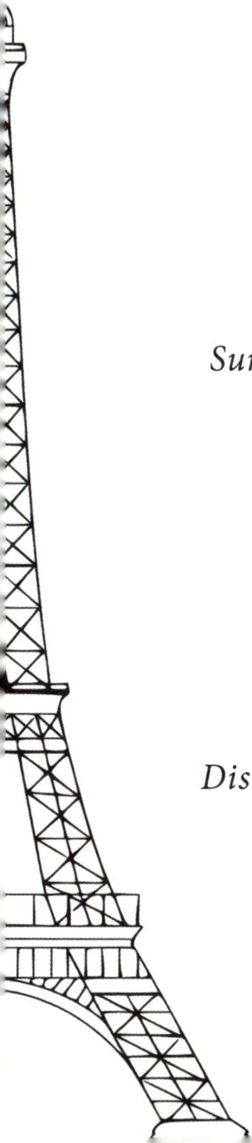

20.

J'aime Paris.
Surtout quand je n'y suis pas.

21.

FROZEN 2
Disney invente le dessin animé
qui joue mal.

22.

On ne dit plus :
« Qu'est-ce qu'on fait ce week-end ? »
mais : « Il y a quoi sur Netflix ? »

23.

« Je vous demande de vous taire ! »
Je viens de me rendre compte
que je suis meilleur imitateur
à l'écrit qu'à l'oral.

24.

Les chats ne font pas des chiens.
Sinon les chatons aboieraient.

25.

À la Saint-Valentin,
faites-lui une surprise : quittez-le.

26.

Le courage,
c'est d'accepter ses faiblesses.

27.

Réchauffement climatique
Plus besoin de choisir
entre la mer et la montagne.
Bientôt l'un sera au bord de l'autre.

28.

On ne pose pas un lapin
à un chasseur.

29.

SNCF
Aujourd'hui, pour avoir le meilleur tarif,
il faut prendre l'avion.

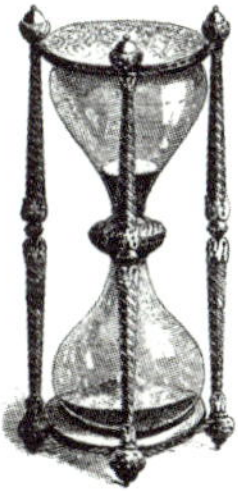

30.

Si un jour
je devais écrire mon autobiographie,
je commencerais par la fin :
les souvenirs sont plus récents.

31.

Ce n'est pas parce que
je dis ce que je pense
que j'ai raison.

32.

Arrêtons d'accuser la pleine lune
de nous empêcher de dormir.
C'est pas elle qui ronfle.

33.

Si je vous saoule
avec mes pensées quotidiennes,
imaginez que pour moi
elles sont permanentes.

34.

Élections
Si les bureaux de vote
n'ouvraient que le matin,
ce serait une élection matinale ?

35.

Pendant le confinement,
on était tellement en chien
qu'on était capables de s'envoyer
nos propres sex tapes.

36.

Après le confinement,
il y a eu des naissances et des divorces.
Et aussi des cirrhoses.

37.

Définition française du confinement :
« Acte de s'isoler. En groupe.»

38.

Je suis le père de ma fille.
Mais c'est elle qui a fait de moi un père.

39.

COVID
Voyons le bon côté :
à la fin on saura se laver les mains.

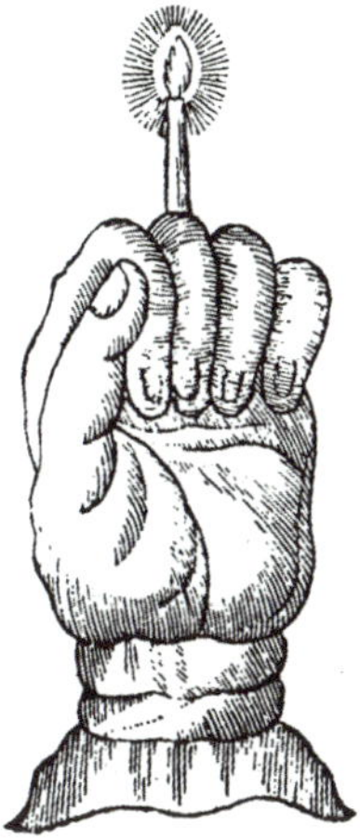

40.

Elles sont de plus en plus nombreuses
à utiliser des sex toys.
Bientôt, les mecs, pour assurer,
il faudra vibrer.

41.

Soit on a raison. Soit on a tort.
Mais on a souvent tort d'avoir raison.

42.

Pendant le confinement,
le vrai coup de main
pour le personnel hospitalier
aurait été de ne pas leur écrire de chansons.

43.

Après-COVID
Ce n'est pas la fin du monde.
C'est la fin d'un monde.

44.

En France,
même les retraités se mettent en grève.

45.

Celui qui cherche midi à quatorze heures est en décalage horaire.

46.

La fin justifie le début.

47.

On n'est jamais mieux servi
que par soi-même.
Surtout chez Flunch.

48.

Il ne faut pas vendre la peau de l'ours.
Car il est en voie de disparition.

49.

Impossible n'est pas français.
« Avance, connard ! » l'est.

50.

Si un tiens vaut mieux que deux tu l'auras,
combien vaut :
« T'inquiète je gère, ça va le faire » ?

51.

Si le divorce est la fin du mariage,
le mariage est le début du divorce ?

52.

Qui vole un œuf, vole un bœuf.
Sauf si t'es vegan.

53.

Si DHL livre
que fait BHL ?

54.

L'ego, c'est le moi.
L'énorme ego, c'est le Moix.

55.

Et si on arrêtait de dire
« au jour d'aujourd'hui »
dès aujourd'hui ?

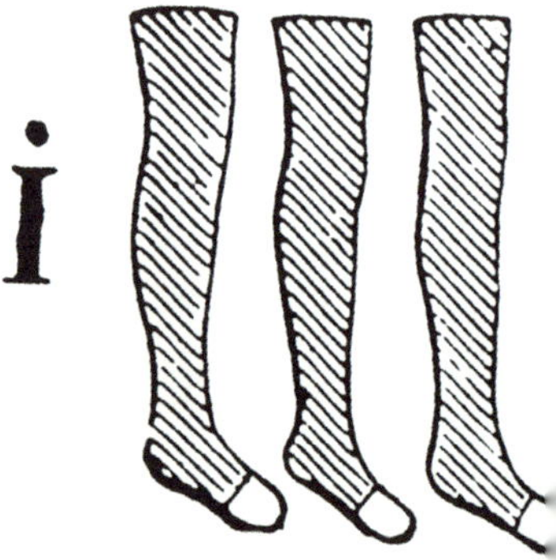

56.

Je serai pour la chasse
le jour où on filera un flingue
aux lapins.

57.

Pourquoi Cabrel est le seul chanteur qu'on chante avec l'accent ?

58.

Ne jamais remettre à aujourd'hui ce qu'on peut faire demain.

59.

Quand je fais une insomnie :
je compte plus les minutes
que les moutons.

60.

On n'a pas besoin d'aimer Trump :
il se suffit à lui-même.

61.

J'ai fait un rêve !
Mais je ne m'en souviens plus...

62.

Pourquoi quand on est en vacances,
il y a toujours un mec
qui passe la tondeuse ?

63.

Si Martin Luther King
s'était appelé Martin Burger King,
aurait-il eu le même destin ?

64.

« Bordel », en anglais,
ça se dit : « Brexit » ?

65.

J'ai compris !
Quand Macron parle
de la République irréprochable,
il ne parle pas de la France.

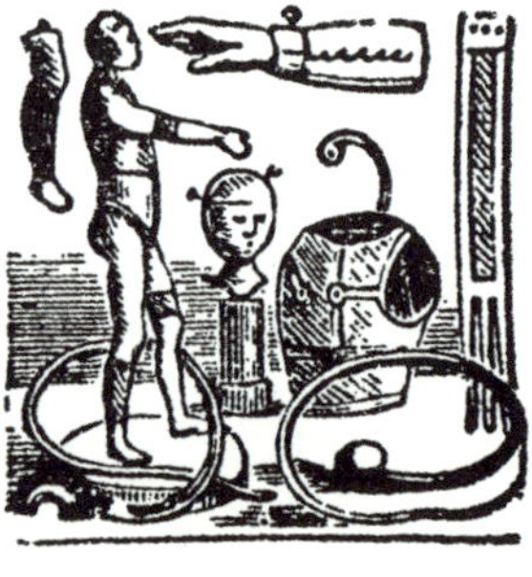

66.

Quand Balkany,
la vérité n'est pas loin.

67.

Voir Naples et mourir.
Ou rester à Bobigny et vivre longtemps.

68.

QUESTION EXISTENTIELLE
Pourquoi les démarcheurs téléphoniques
t'appellent au moment
où tu es le moins dispo ?

69.

«Hotline» :
centre d'appel téléphonique
où on se chauffe très rapidement.

70.

STAR WARS
L'épisode 9,
c'est celui qui précède le 3
juste avant le 7 ?

71.

Game of Thrones

Attention spoiler !

À la fin il y a le générique.

72.

Si le Père Noël existait vraiment,
il apporterait le vaisseau spatial
de chez Lego de 25 000 pièces
déjà monté.

73.

Un politique ne se contredit jamais.
Sauf s'il est élu entretemps.

74.

Au Nouvel An :
les bonnes résolutions,
je les prends pour les autres.

75.

L'obsolescence programmée :
ça marche sur les politiques ?

76.

Normal que Starbucks
ne paye pas d'impôts chez nous.
On squatte chez eux toute la journée.

77.

En France, on devient président
quand on est élu.
Et on devient un bon président
quand on meurt.

78.

L'avantage du réchauffement climatique :
plus besoin d'aller à Ibiza.
Roubaix fera l'affaire.

79.

Écouter Goldman,
c'est comme fumer quand t'as 12 ans :
t'as toujours peur de te faire gauler.

80.

Est-ce qu'il y a une vie avant la mort ?

81.

Lewis Carroll est un surréaliste
au pays des merveilles.

82.

Les talibans sont pour
la parité homme-homme.

83.

On voterait pour les populistes
au motif qu'ils sont moins hypocrites.
En même temps, quand tu assumes
d'être homophobe, xénophobe et misogyne,
plus de raison de l'être.

84.

RECYCLAGE

On fait quoi de Plastic Bertrand ?

85.

L'arbre cache la forêt.
Sauf au Brésil.

86.

Quand on arrive en retard
et qu'on est le premier,
on est quand même en avance.

87.

La solitude ce n'est pas d'être seul.
C'est de se sentir seul.

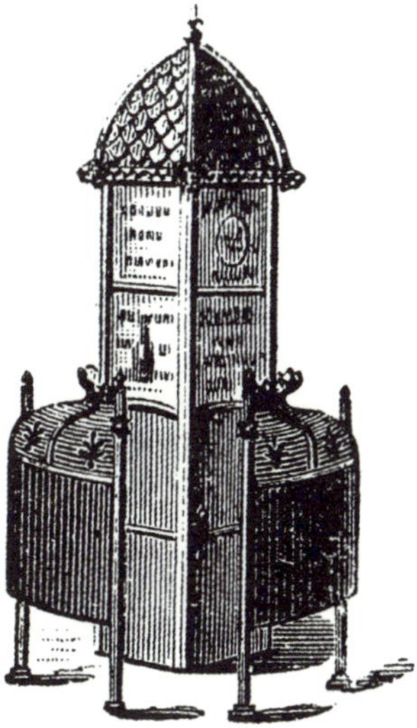

88.

Il est accro à Facebook.
Il n'est jamais en mode vibreur.
Il hurle au téléphone.
Il gobe toutes les fake news :
je crois que je vais retirer
son portable à mon père.

89.

On porte des lunettes pour voir.
Les stars les portent pour ne pas être vues.

90.

Selon une récente étude,
il est plus facile d'arrêter de fumer
avant de commencer.

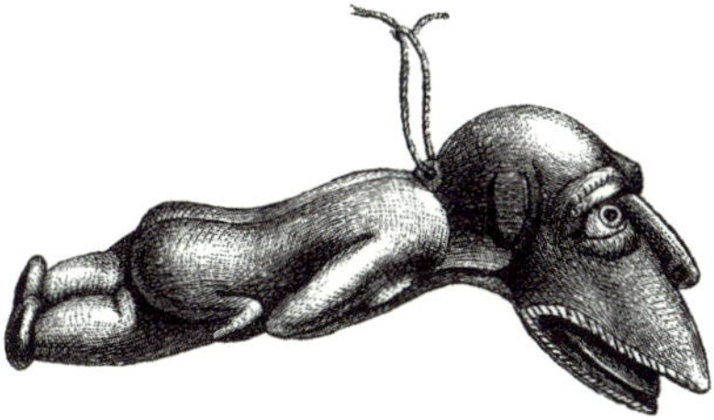

91.

Et si on proposait aux Anglais
le Borisxit ?

92.

Suite à la recrudescence
des accidents de trottinette,
merci de porter un casque, les piétons.

93.

Et dire que les extraterrestres
pensent qu'on n'existe pas…

94.

Le problème de Paris,
c'est pas la circulation : c'est les Parisiens.

95.

Comment on modernise la France ?
Je réforme. Je discute après.
Je recule juste après.

96.

Les pervers narcissiques,
c'est comme les trottinettes :
ils ne respectent rien,
ils t'engueulent quand ils ont tort
et ils peuvent t'écraser.

97.

Le non-sens, c'est comme
aller tout droit dans un rond-point :
ça va plus vite et c'est plus drôle.

98.

Ça commence par un cri,
continue avec un Bic, puis un bac,
puis un job, puis un PEL
et ça se termine par un RIP.
La vie ne s'écrit pas forcément
en trois lettres.

99.

Ceux qui pensent
qu'avant c'était mieux
ont oublié le be-bop
et la cassette VHS.

100.

La devise des Français :
« Je suis pour être contre ».

101.

Tous les hommes ne sont pas lâches.
Certains ne sont pas courageux.

102.

Les poètes ne meurent jamais.

103.

Les confinements c'était à la fois
L'Ennui, Huis clos,
À la recherche du temps perdu
et Cent ans de solitude.

104.

Si quelqu'un connaît
la fin de la série Corona,
je veux bien qu'il me la spoile.

105.

Je tiens à démentir
catégoriquement
une rumeur qui circule :
je ne suis pas
avec Helena Christensen.

106.

Un lion né un 25 juillet
est un lion Lion ?

107.

Depuis le début de la COVID,
on a l'impression que
les JT sont en replay.

108.

Et dire que le 1er janvier 2020
on s'est souhaité
une bonne année...

109.

J'ai paumé mes libertés individuelles.
Si quelqu'un les retrouve,
merci de les déposer chez le concierge.

110.

Avant d'être contre tout,
essayons d'être tout contre.

111.

Ne pas confondre
« distanciation sociale »
et « mise à distance du social ».

112.

COVID

J'ai une pensée
pour ceux qui nous ont quittés.
Et ceux qui se sont fait quitter.

113.

Confinement

En restant seul,
j'ai rencontré les autres.

114.

«Déconfiner» :
action de déconner après un confinement.

115.

Sourions sous nos masques :
personne ne nous prendra pour des fous.

116.

En France, la culture est une priorité à traiter en dernier.

117.

Pourquoi les dirigeants populistes
ont ignoré la COVID ?
Parce qu'il était plus virulent qu'eux.

118.

Twitter a pour logo un oiseau.
Qui vole souvent très bas.

119.

Il ne sert à rien d'être pessimiste
quand tout va très mal.

120.

Raoult avait trouvé un remède miracle.
Pour faire parler de lui.

121.

Les complotistes passent plus de temps
à rechercher de fausses infos
qu'à vérifier les vraies.

122.

Disparition de Guy Bedos
Il faisait « réfléchrire ».

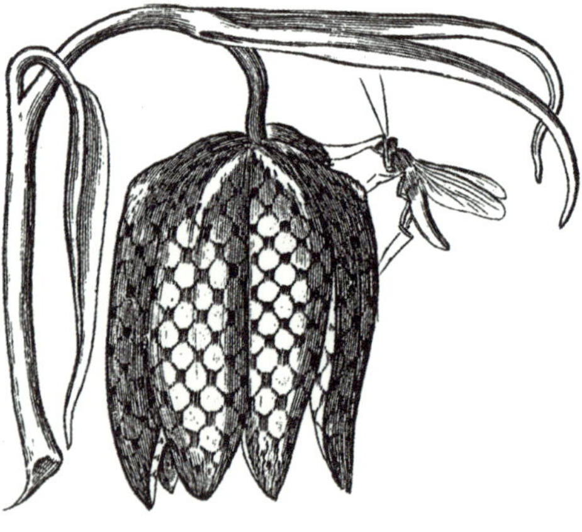

123.

Quand le violoniste joue mal,
il ne faut pas accuser le violon.

124.

À trop penser qu'on est le meilleur,
on ne se méfie pas des moins bons.

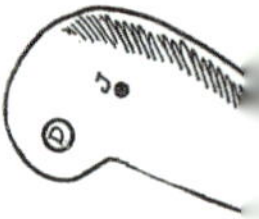

125.

Les grandes énigmes
Si tu n'es pas Lady Gaga ou Brad Pitt, pourquoi ajouter « officiel » sur ton Insta ?

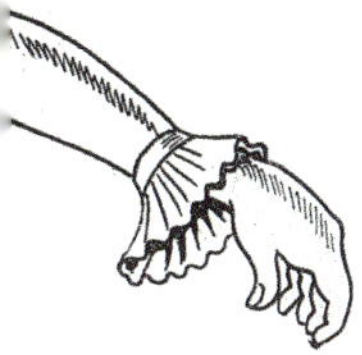

126.

GEL DES SALAIRES

Les entreprises s'en lavent les mains.

127.

Le comique populiste
est un comique populaire
qui s'est pris au sérieux.

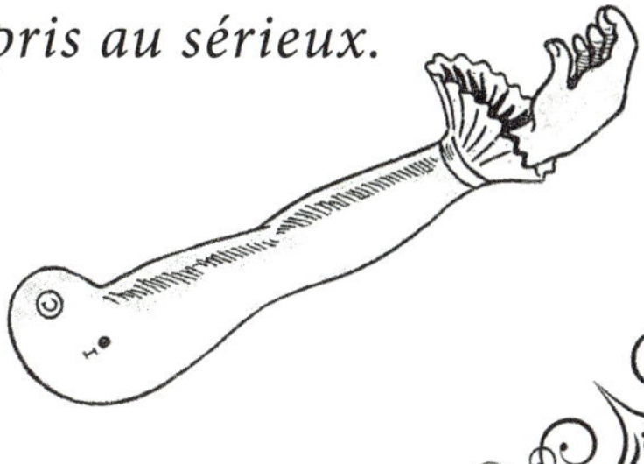

128.

La philosophie,
c'est l'art de penser par soi-même.
Pour Onfray, c'est l'art de penser à lui-même.

129.

On sait avec qui on se met en couple.
Mais on ne sait pas avec qui on se séparera.

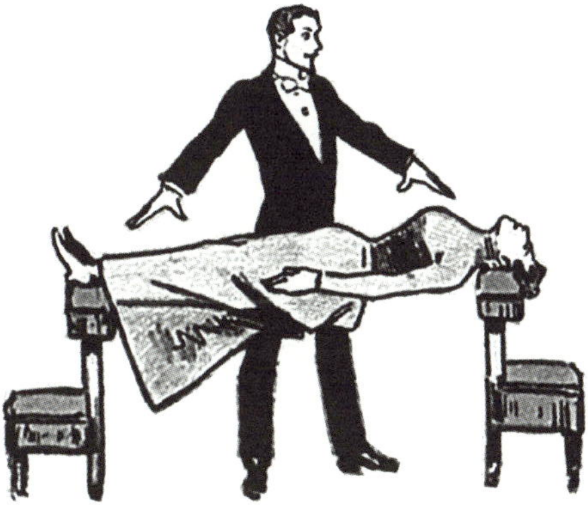

130.

À vouloir débaptiser les noms de rues, on ouvre un boulevard aux extrémistes.

131.

Ne jamais sous-estimer un idiot :
il a plus de marge de progression.

132.

Il vaut mieux faire trop que pas assez.
Depuis la COVID on dit :
« Il vaut mieux faire trop et pas assez. »

133.

Ce n'est pas parce que ta voiture est belle
que tu es forcément beau.

134.

C'est en se trompant de chemin
qu'on sait quel est le bon.

135.

Ce n'est pas à l'âge
qu'on voit si on vieillit.
C'est aux pubs qu'on reçoit
sur les appareils auditifs.

136.

Si vous avez raison,
arrêtez de crier que les autres ont tort.

137.

Les mecs qui se prennent
pour des surfeurs en paddle l'été
sont les mêmes qui se la jouent
skaters en trottinette l'hiver.

138.

Mi-français, mi-haïtien,
je suis blanc et noir,
et pourtant je cohabite très bien
avec moi-même.

139.

Il est parfois plus urgent
de ne rien dire
que de donner son avis.

140.

*Ce n'est pas parce que
je dis tout ce que je pense tout bas
que ce je pense tout bas est intéressant.*

141.

*En France,
quand on a un Premier ministre compétent,
on le vire de peur qu'il ne discrédite
le président en place.*

142.

Pensée macroniste :
On n'est jamais mieux au service de l'État
que par soi-même.

143.

Le centrisme selon Macron,
c'est de trouver le juste milieu
de la droite.

144.

Renoncer n'est pas un échec
si on sait pourquoi on s'arrête.

145.

Le féminisme n'aura plus lieu d'être
le jour où on trouvera le masculin
de « salope ».

146.

Le bonheur est une chose simple
tellement compliquée à trouver.

147.

Ne pas donner un sens à sa vie,
c'est déjà avoir conscience qu'on en a une.

148.

La glace est un aliment
qui ralentit la marche
quand on la mange.

149.

Roselyne Bachelot
nommée ministre
de la Santé de la Culture.

150.

Insta gâche nos instants.

151.

Comment appelle-t-on
les habitants de Hyères ?
Les procrastinateurs.

152.

Si tu veux vaincre un adversaire,
dis-toi qu'il a déjà gagné.

153.

Théorie du complot
Qu'est devenue
l'heure d'hiver perdue ?

154.

Se tromper,
c'est être infidèle à soi-même ?

155.

Le con est un sage qui s'ignore.

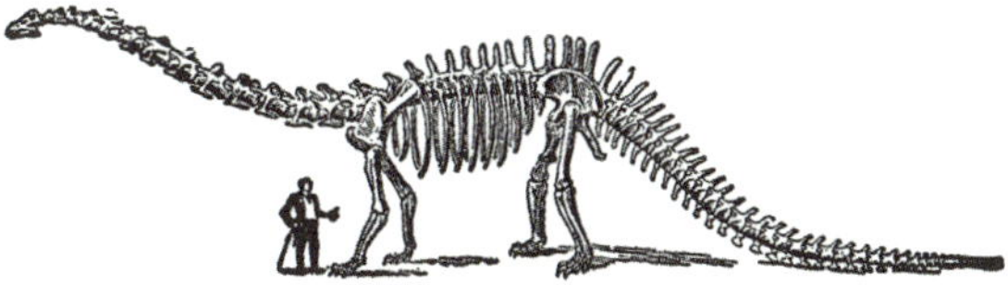

156.

On ne se sépare pas
parce qu'on ne s'entend plus,
mais parce qu'on ne s'écoute plus.

157.

Mes erreurs
sont les causes de mes victoires.

158.

Ce que je sais est moins important
que ce que je ne sais pas.

159.

Les challenges d'Instagram
nous poussent à faire comme les autres.
Alors que le vrai challenge,
c'est de rester soi-même.

160.

Si tu es déçu,
c'est que tu as mal demandé.

161.

Ce n'est pas une tare de se coucher tôt.

162.

Après le dérèglement climatique : le génétique

Castex est plus jeune que Brad Pitt.

163.

L'intelligence sans l'imagination, c'est comme un vélo sans chaîne : on pédale dans le vide.

164.

Écoute ton intuition
surtout quand celle-ci est muette.

165.

Il est plus facile d'aimer son prochain
que son ex.

166.

INSTAGRAM
Quand vous postez bourrés,
ça saoule aussi les autres.

167.

Il y a quand même des avantages
à porter le masque :
on peut bâiller la bouche ouverte
en ayant un loulou dans le nez
avec une feuille de salade dans les dents.

168.

L'indiscipline est une discipline française.

169.

L'idiot n'est pas celui qui ne trouve pas mais celui qui ne cherche pas.

170.

Faire une demande d'asile aux USA,
c'est demander l'internement de Trump ?

171.

On ne s'ennuie jamais
quand on s'oublie.

172.

Le vaccin financé par Bill Gates, c'est un antivirus ?

173.

La règle du « JE » :
respecte l'autre
autant que tu te respectes.

174.

Si j'écris mes pensées,
c'est pour ne pas les avoir en tête.

175.

Ce n'est pas moi qui suis hypersensible,
ce sont les autres
qui font du bruit avec leurs ongles.

176.

Pendant un match de foot,
les mecs sont hyper serviables.
À la mi-temps.

177.

En Russie,
l'opposition empoisonne le pouvoir.
Et réciproquement.

178.

Ce qu'il manque au PSG
ce n'est pas le talent,
c'est l'âme.

179.

La spiritualité,
c'est chercher un sens
à son humour ?

180.

L'été, il n'y a pas que les Français
qui prennent l'apéro à 19 heures,
il y a aussi les moustiques.

181.

Il n'y a que les conspirationnistes
qui ne changent pas d'avis.

182.

Pendant le confinement,
le Père Noël n'était pas en traîneau
mais en Amazon.

183.

Il vaut mieux avoir raison pour soi que pour les autres : ça évite les conflits.

184.

La meilleure façon de préparer l'avenir, c'est de rester dans le présent.

185.

J'ai tellement grossi pendant le confinement que même la clé de mon appart' ne rentrait pas dans la serrure.

186.

*Le problème
du coworking,
c'est le noworking.*

187.

Si vous voulez connaître
le vérité sur la COVID,
prenez le taxi.

188.

Le Nescafé, c'est le café dans lequel
je trempe ma madeleine de Proust.

189.

Nous n'avons qu'un passé.
Mais nous avons plusieurs avenirs.
Profitons-en.

190.

Avant c'était :
« Je pense donc je suis. »
Aujourd'hui c'est :
« Je capte donc j'existe. »

191.

Si aucune pensée
ne te vient le vendredi,
c'est que tu es déjà en week-end.

192.

La couille
est la partie féminine de l'homme
qu'il revendique le plus facilement.

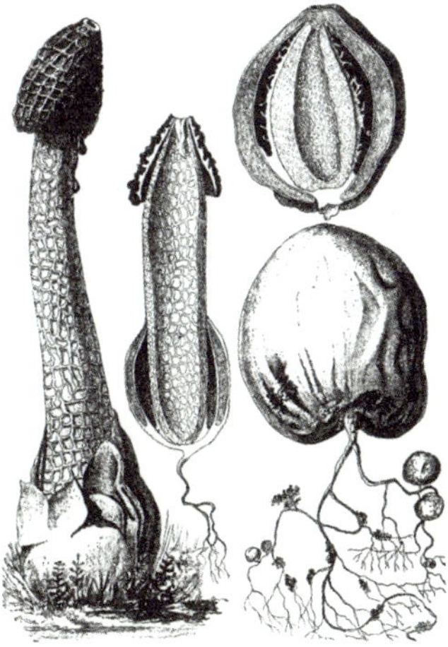

193.

J'aime le train.
J'ai l'impression de m'arrêter
en avançant.

194.

Les nouvelles technologies
sont de formidables libertés
d'emprisonnement.

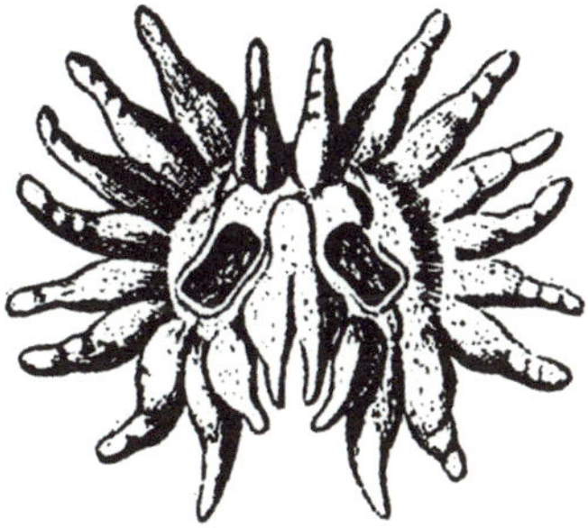

195.

COVID
Merci de ne pas utiliser votre CB
sur les cas contacts.

196.

La vie de couple c'est formidable,
surtout quand on vit seul.

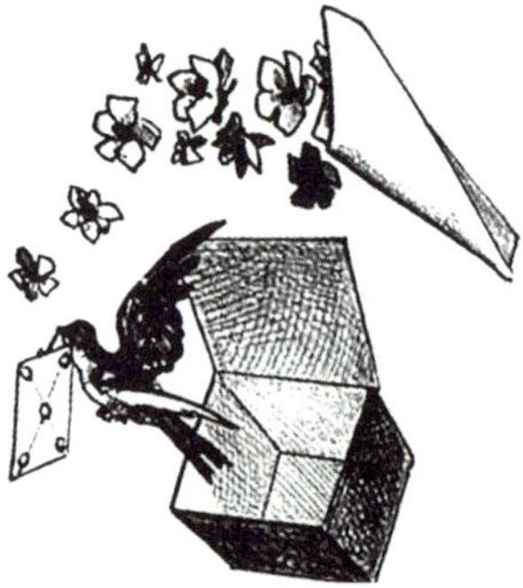

197.

Si vous êtes accro au portable,
appelez d'une cabine.

198.

Le chat miaule.
La colombe roucoule.
L'ego twitte.

199.

La différence entre Tinder et StopCovid :
le premier te prévient
quand tu vas pécho,
alors que le second tu préviens
quand tu l'as pécho.

200.

J'ai raté les 56 789
premiers épisodes
de Plus belle la vie.
Quelqu'un pourrait
me les résumer ?

201.

Dans les villes,
le nouveau cycliste
est un ancien piéton
qui s'est chopé le melon.

202.

La Toussaint pendant le confinement :
c'était mort.

203.

ÉLECTIONS AMÉRICAINES

Si Trump a demandé le décompte des voix,
c'est parce qu'il avait oublié de voter.

204.

À la prochaine présidentielle,
je crois que je voterai
pour celui qui ne se présente pas.

205.

Édouard Philippe arrivait
à faire passer la pilule.
Castex c'est plus le Xanax.

206.

Je préfère une vérité mal foutue
qu'un mensonge bien gaulé.

207.

Faire l'amour à Troyes.
Plutôt qu'à Dreux.

208.

Révélation sur le Père Noël
Ce serait un ancien vert devenu rouge.

209.

C'est rassurant de se dire
que même chez les surdoués
il y a des cons.

210.

Ce n'est pas le monde qui va mal :
c'est nous.

211.

Qu'a dit Dieu en accueillant Dark Vador ?
Je suis ton père.

212.

Peser le pour et le contre,
pour un Français,
c'est peser le contre et le contre.

213.

Macron est un joueur d'échecs.
Qui joue seul avec lui-même.

214.

Les enfants ont un avantage sur nous :
ils ne voient pas la vie, ils la vivent.

215.

En France, on a tendance
à tout attendre d'un pouvoir
auquel on n'accorde aucun crédit.

216.

J'ai déjà du mal à vivre avec moi-même.
Alors vivre sous le même toi...

217.

Depuis la COVID,
j'ai arrêté de souhaiter la bonne année :
ça porte la poisse.

218.

L'utilisation du
« non mais », « t'es sérieux ? », « j'hallucine ! »
est fortement déconseillée aux boomers.

219.

Ce n'est pas parce que je suis hypersensible
qu'il faut me parler tout bas.

220.

La série Lupin *est une ode à la liberté.*
Scénaristique.

221.

J'ai trouvé un moyen imparable
pour que la France gagne enfin l'Eurovision :
qu'elle soit seule en compétition.

222.

Chandeleur
Tous à poêle !

223.

Avant de chercher la raison,
cherche la question.

224.

À Paris, civisme ne rime pas
avec cyclisme.

225.

J'ai rompu avec Helena Christensen.
On ne se connaît pas.
Donc on ne se voyait jamais.

226.

Je préfère croire quelqu'un
qui n'y connaît rien :
la déception est moins grande.

227.

Qu'est-ce qu'ils étaient tranquilles,
les chats, avant les réseaux sociaux…

228.

SYMPTÔME POST-*COVID*
Je me suis parfumé
avant une réunion sur Zoom.

229.

Je préfère
l'émouvante imperfection
à la froide perfection.

230.

Le dos prend sa source dans la nuque
et s'écoule jusqu'à la chute des reins.

231.

Le symptôme le plus courant pendant la COVID, c'était de parler pour ne rien dire.

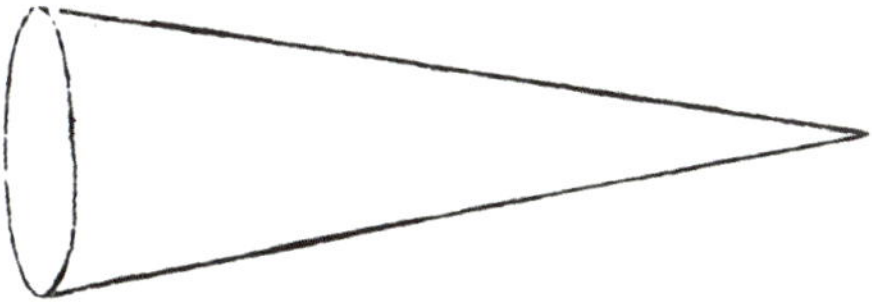

232.

Penser à ne pas trop penser.

233.

Je déteste changer de passeport :
à chaque fois j'ai l'impression
de prendre 10 ans.

234.

Ce n'est pas en effaçant l'histoire
qu'on la corrige.

235.

Avant de dire du mal des autres,
commence par toi : tu seras plus tolérant.

236.

Le doute est souvent plus proche
de la vérité que la certitude.

237.

Le courage n'est pas de se foutre à poil
mais de se mettre à nu.

238.

Paris est un endroit
où tout est à l'envers.

239.

L'erreur n'est pas une faute.
La faute, c'est de ne pas reconnaître l'erreur.

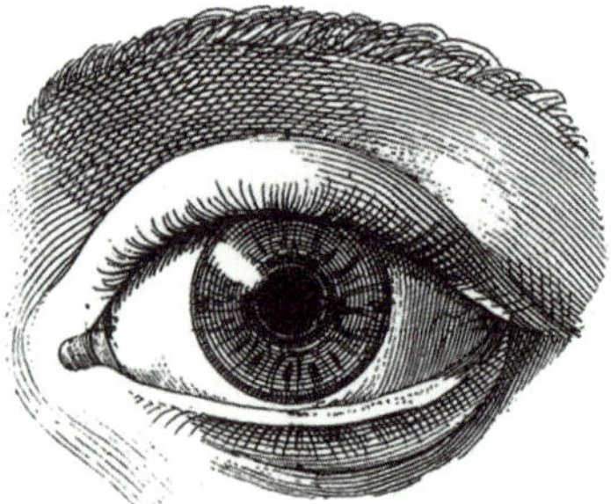

240.

Passage à l'heure d'été

*Est-ce qu'on gagne du temps
à perdre une heure ?*

241.

Arrêtons de multiplier les divisions.

242.

*Un peuple qu'on infantilise trop
finit par tout casser.*

243.

On peut être riche et être un pauvre type.

244.

Prendre son mâle en patience,
c'est le faire attendre longtemps ?

245.

Une pensée doit être éphémère.
Sinon elle devient une citation.

246.

Celui qui dit de lui qu'il est un bon coup
ne fait jamais long feu.

247.

Monter lentement
prépare la descente.

248.

L'autosatisfaction,
c'est de prendre son pied
en conduisant ?

249.

Il m'est souvent plus difficile
de dire ce que je pense
que ce que je ne pense pas.

250.

Le romantisme,
c'est de refaire
ce qui n'a jamais été fait.

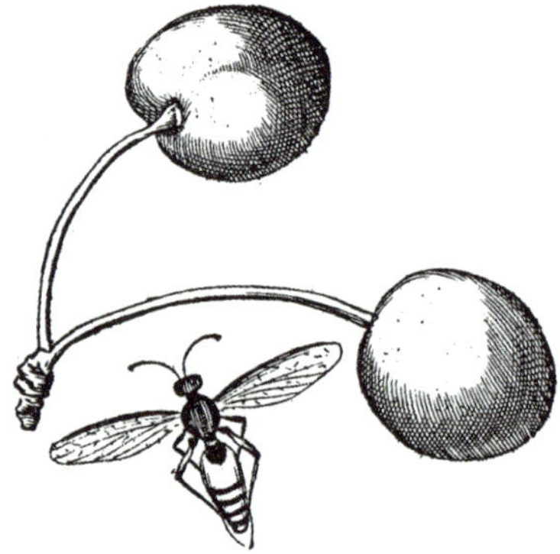

251.

Ça a commencé par une queue.
Ça s'est terminé par un prénom.
J'ai été chez Starbucks.

252.

Oublier m'a aidé
à me souvenir de qui je suis.

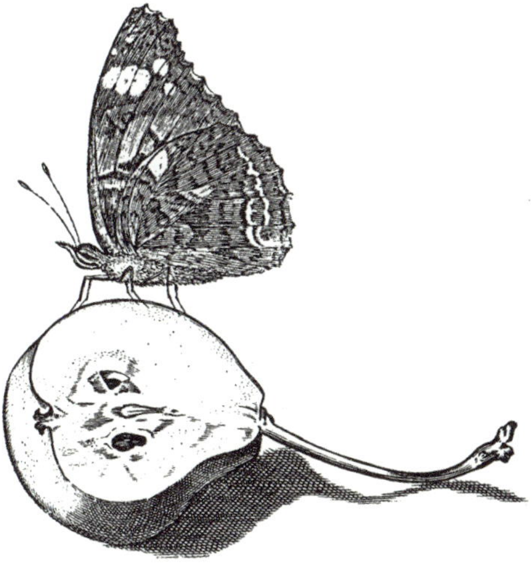

253.

Le sage est forcément un peu fou.

254.

Le singe n'est pas proche de l'homme.
C'est nous qui ne sommes pas loin de lui.

255.

Qu'est-ce qui empêche
de célébrer Napoléon ?
Celui qui a rétabli l'esclavage
s'appelait Bonaparte.

256.

Ne regarde pas la route,
regarde le paysage.

257.

Je m'en veux de t'en vouloir.
Tu avais raison d'être déraisonnable.

258.

Certains ne croient que ce qu'ils voient.
Moi je crois en ce que j'aimerais voir.

259.

VACCINATION
Faut-il être à poil
pour se faire piquer ?

260.

J'ai trop de rêves.
C'est un cauchemar.

261.

Ce n'est pas
parce que tu as raison
que j'ai tort.

262.

C'est tous les jours ton jour.

263.

Faire rire n'est pas simple.
Mais alors faire rire sa fille…

264.

Être drôle
est souvent plus difficile
que d'être triste.

265.

Le point commun
que j'ai avec Brad Pitt,
c'est qu'on ne ressemble pas
à George Clooney.

266.

COVID
Au rythme où ça va,
on va bientôt réserver les restaus
sur Doctolib.

267.

On est tous ego.

268.

J'ai oublié ton anniversaire :
tu n'es plus sur Facebook ?

269.

« Remake de séries » :
refaire en moins bien
ce qui a été réussi ailleurs.

270.

Un remake,
c'est le retour de son ex-mec ?

271.

Le bonheur ne se trouve pas.
Il s'invente.

272.

Il lui déclare sa flamme
et la brûle au 2e degré.

273.

J'ai pris un abonnement
à laissez-faire.

274.

DISPARITION DE BELMONDO
Pleurs sur la ville.

275.

Les grands jaloux
sont des petits cachotiers.

276.

On dit d'une personne
qu'elle est gauche
quand elle est mal à droite.

277.

Moment de solitude
Se pencher pour refaire ses lacets alors qu'on porte des bottines.

278.

Quand un être cher disparaît,
il ne meurt pas : il demeure.

279.

Disparition du batteur des Stones
Où est Charlie ?

280.

J'ai rapporté ma télé chez Darty :
elle ne diffusait que des mauvaises nouvelles.

281.

Les gens qui se prennent au sérieux
me font rire.

282.

Les Américains ont quitté Kaboul
comme ils ont fui Saïgon :
pour sauver les leurres.

283.

Si je ne suis pas ton avis,
c'est aussi ma liberté.

284.

Ne pas donner des solutions.
Mais ce qui mène à des solutions.

285.

Fin de sa mise sous tutelle :
Britney respire.

286.

Je ne suis pas certain de ce que dis.
Mais je suis certain de ce que je ne dis pas.

287.

J'ai plus de mal
avec les prétentieux qu'avec les cons.
Les premiers s'écoutent parler
alors que les seconds parlent sans écouter.

288.

Je ne regarde tellement plus la télé
que je ne sais plus où elle est.

289.

Plus je me regarde,
moins je me vois.

290.

Montée de Netflix

Ce n'est pas au cinéma
de se réinventer :
c'est à ceux qui le font.

291.

Je n'ai aucun doute
sur mes doutes.
J'en ai plus sur mes solutions.

292.

COVID
Plutôt que de chercher des fautifs,
cherchons des solutions.

293.

Celui qui persévère croit.
Celui qui s'acharne croit y croire.

294.

Je n'ai rien contre les hypocrites :
je les laisse se mentir à eux-mêmes.

295.

La difficulté, ce n'est pas
d'être bon dans un domaine,
c'est de le trouver.

296.

S'affronter soi-même
demande plus de courage
que de s'attaquer à son voisin.

297.

Si j'étais antivax,
j'éviterais de laisser
la parole à des piqués.

298.

Ceux qui disent constamment
que c'est mieux ailleurs
devraient y aller plus souvent.

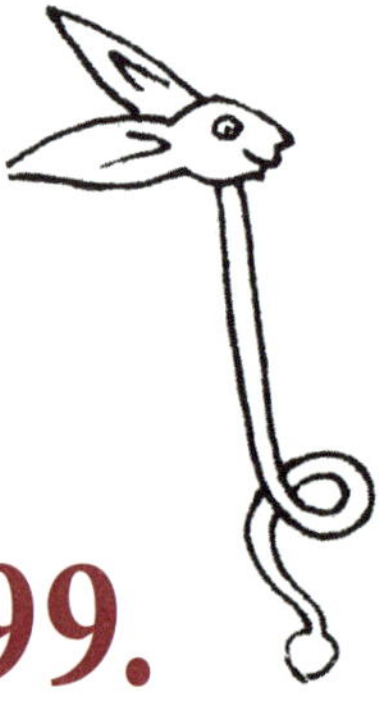

299.

Il est parfois imprudent d'avoir peur.

300.

Même sans vaccin,
Lalanne et Bigard ont des effets secondaires.

301.

Si un ami laisse un cadeau
que vous lui avez offert,
ce n'est pas un oubli :
c'est qu'il vous le rend.

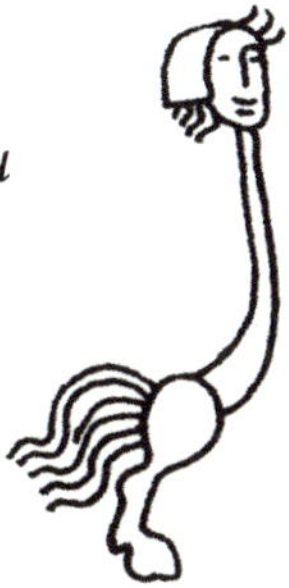

302.

La confiance
ne s'obtient pas par la punition.

303.

Ma chance,
c'est d'avoir souvent échoué.

304.

Empêcher un chien d'aboyer
ne le rend pas moins méchant.

305.

Il y a plusieurs moi en moi.
Heureusement qu'on prend
tous la même chose au restau.

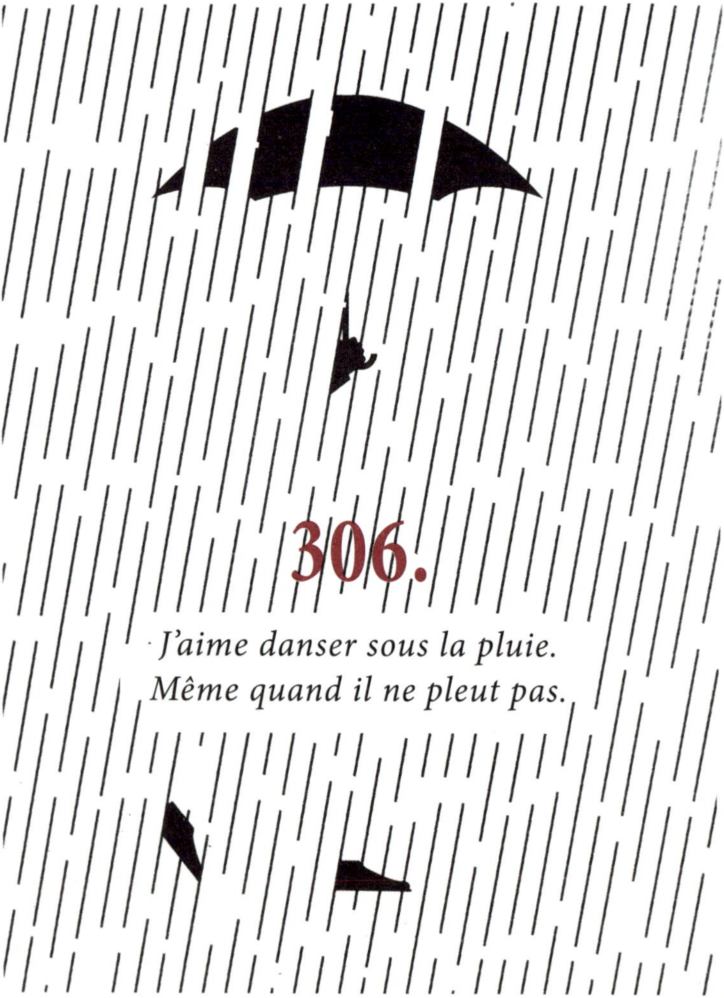

306.

J'aime danser sous la pluie.
Même quand il ne pleut pas.

307.

Les grandes défaites permettent de savourer les grandes victoires.

308.

J'ai été tellement déçu
par les retrouvailles de l'équipe de Friends *:*
je pensais qu'ils avaient toujours 30 ans.

309.

La nuance n'est pas une lâcheté
mais une sagesse.

310.

Oui je suis un boomer.
Ça ne m'empêche pas
d'être sur Stich et Tok Tok.

311.

Et si l'origine de la pandémie
était le panda ?

312.

Je n'ai pas peur de grand-chose.
Excepté de moi.

313.

Ce qui nous rend libre aujourd'hui
nous enfermera demain.

314.

Ne m'en veux pas.
Je m'en veux pour deux.

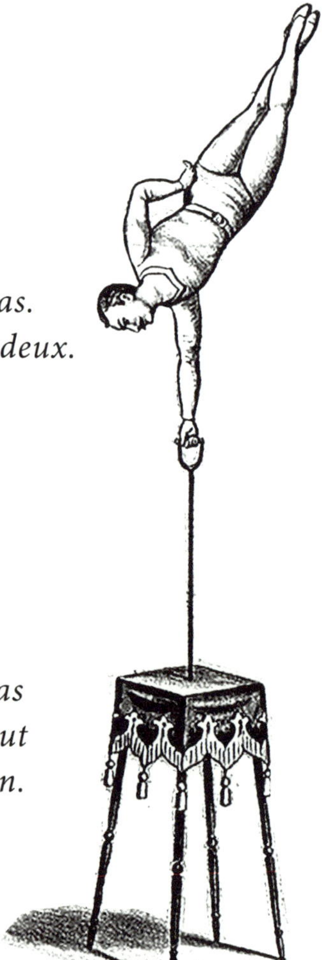

315.

Je ne jalouse pas
ceux qui ont tout
car ils n'ont rien.

316.

Mon libre-arbitre
ne siffle jamais la mi-temps.

317.

L'ironie blesse
surtout celui qui en abuse.

318.

Le soleil me donne
envie de plisser.

319.

La meilleure équipe
n'est pas forcément celle qui gagne.
Sinon, le PSG serait champion d'Europe
depuis longtemps.

320.

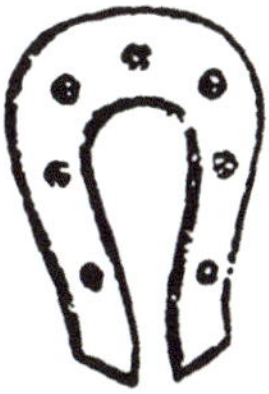

J'ai arrêté de croire
en mes peurs.

321.

Quand j'entends un bébé
hurler dans un avion,
je comprends mieux pourquoi
les hublots ne s'ouvrent pas.

322.

Visite du pape à Budapest
Urbi et Orban.

323.

Le plus grand des risques,
c'est de ne rien faire.

324.

Renoncer est parfois une victoire.

325.

À l'avenir,
j'arrête de tout anticiper.

326.

La France se radicalise tellement
que bientôt il va y avoir un extrême centre.

327.

Ce qui me choque,
ce n'est pas qu'un ministre puisse être jugé.
C'est qu'il soit toujours ministre.

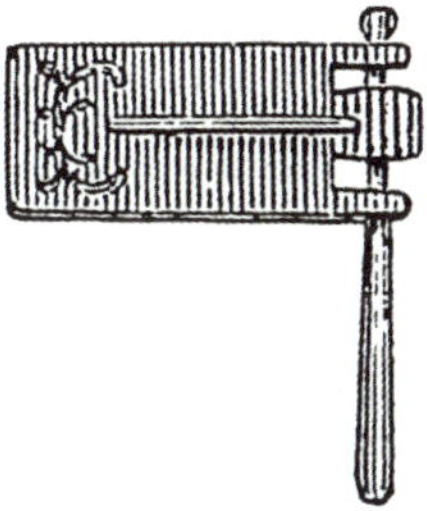

328.

Je viens de perdre 130 millions d'euros.
Il faut que j'arrête l'EuroMillions.

329.

J'ai décidé de ne plus
me prendre la tête.
Juste le pied.

330.

Pas de regret.
Pas d'aigreur.

331.

Proposition de titre
pour un prochain James Bond :
Nourrir c'est manger.

332.

Le seul cas
où arriver premier n'est pas souhaitable,
c'est dans une soirée.

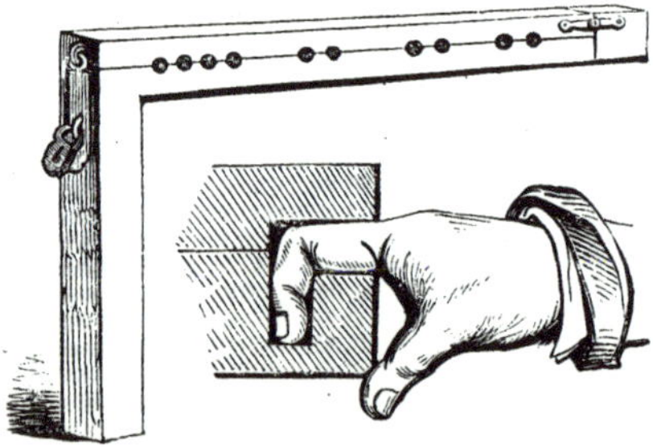

333.

Une défaite est une victoire
si on la comprend.

334.

MÉGA BUG DE WHATSAPP
La direction de Facebook s'excuse
et promet que cela hstsghb plus.

335.

Parfois, l'éloignement
favorise le rapprochement.

336.

PÉDOCRIMINALITÉ DANS L'ÉGLISE

Le secret de la confusion.

337.

ÉDOUARD PHILIPPE

L'art de consolider le socle électoral de Macron en le dynamitant.

338.

S'accepter
commence par un refus.

339.

J'apprends à dire « non ».
Pour mieux savoir dire « oui ».

340.

Avant de changer de chemin,
regarde si tu es dans la bonne direction.

341.

La mort n'est pas une fin.
Sinon on passerait un générique
aux enterrements.

342.

Quand on lâche prise,
on ne tombe pas. On s'envole.

343.

Convaincre n'est pas vaincre.

344.

Squid Game *est un tel succès qu'il n'y a aucun mal à en dire du mal.*

345.

Hausse du prix du pétrole
Et si on passait de l'essence à l'essentiel ?

346.

Être imbu de soi-même,
c'est boire ses propres paroles ?

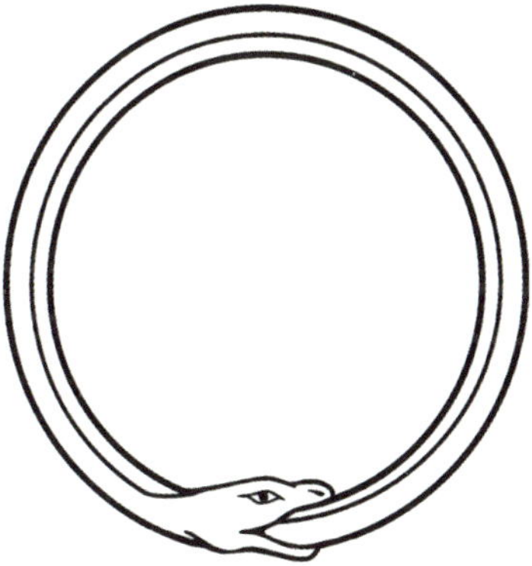

347.

Se renouveler,
c'est se repenser.

348.

L'ego est un « je ».

349.

Facebook a changé de nom.
Mais il garde le même visage.

350.

MYSTÈRE SUR L'HEURE D'HIVER
On perd une heure, et pourtant,
il y a toujours 24 heures dans une journée.

351.

Arrête d'instagrammer tes vacances.
Vis-les.

352.

COP26
L'impuissance des puissants.

353.

Plus je vieillis,
plus je rajeunis.

354.

Ne regrette pas de t'être trompé :
tu étais là où il fallait que tu sois.

355.

Ce n'est pas le cerveau qui fait l'intelligence : c'est le contexte.

356.

SCANDALES SEXUELS DANS L'ÉGLISE

Pour se racheter, elle va devoir vendre.

357.

J'ai tellement de mal à demander
que j'attends qu'on me demande
ce que je veux demander.

358.

Les leçons du passé
sont les devoirs du futur.

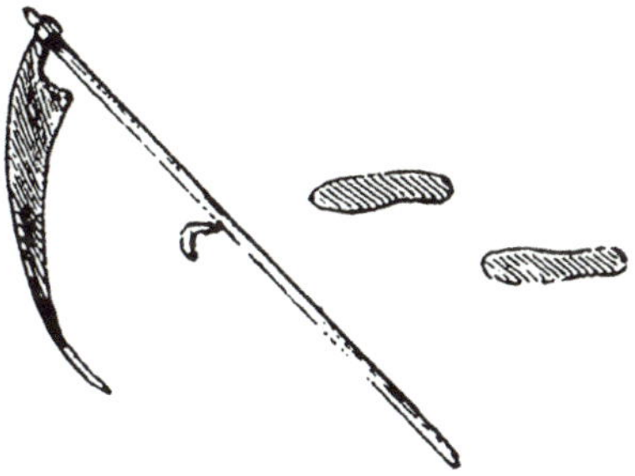

359.

COP26
L'unanimité menace l'humanité.

360.

La solitude est une compagne jalouse.

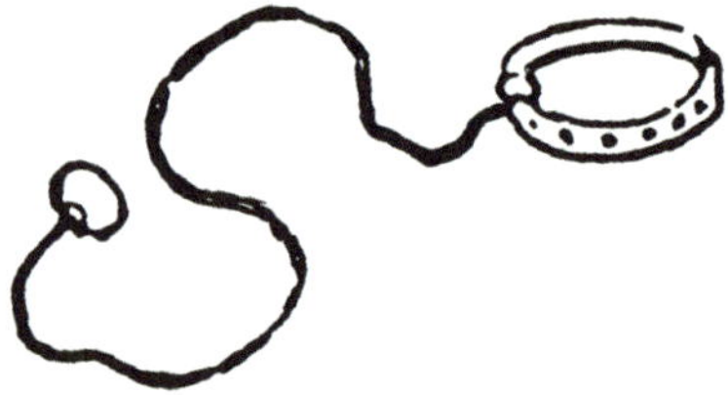

361.

Zemmour c'est comme le Beaujolais nouveau :
on le croit léger mais il saoule vite.
Et au final il donne la gerbe.

362.

PÉNURIE DES SEMI-CONDUCTEURS
Et si on faisait appel aux auto-écoles ?

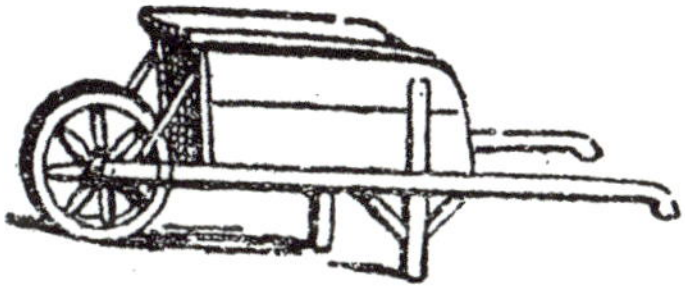

363.

Le mec qui a inventé le mois de novembre devait être sacrément déprimé.

364.

Être sexy, ce n'est pas montrer :
c'est laisser deviner.

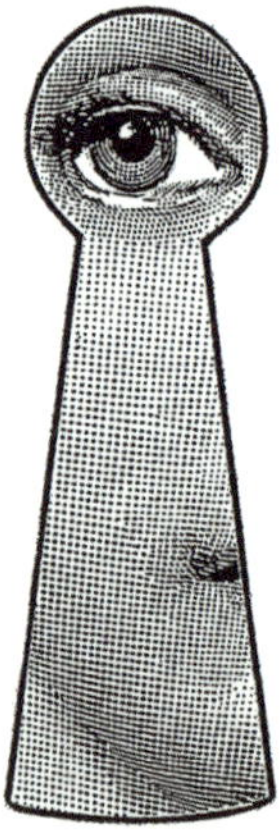

365.

Ce n'est pas qu'on ne peut plus rien dire.
C'est que tout est interprétable.

366.

J'aime Paris.
Sauf en hiver, au printemps,
à l'automne et en été.

367.

Le monstre est sincère
quand il clame son innocence
car il ne se voit pas comme un monstre.

368.

Parfois je perds mon temps
pour mieux me retrouver.

369.

Je suis certain de douter.

370.

L'oubli est parfois
un refuge bien confortable.

371.

La femme à moto me transporte.

372.

Dilemme masculin

Le mal à accepter son féminin.

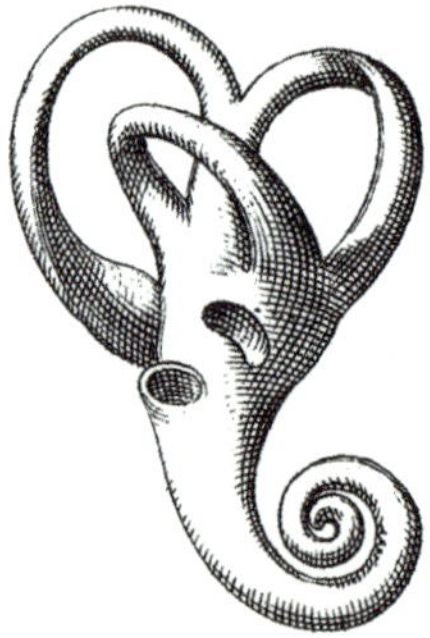

373.

Union de la gauche

Tous unis derrière eux-mêmes.

374.

Admettre ses faiblesses,
c'est reconnaître ses forces.

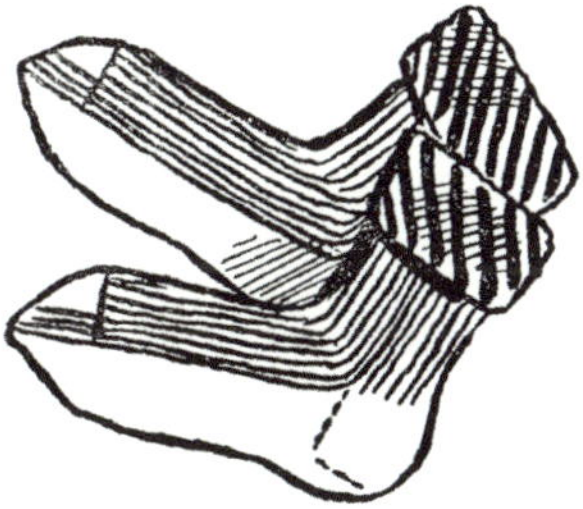

375.

Toi émoi

376.

Est-ce que Greta Thunberg
refuse aussi de prendre un Jet 27 ?

377.

Le problème chez Zemmour,
ce n'est pas ce qu'il dit :
c'est ce que les autres entendent.

378.

Le comble pour une centriste :
être trop adroite.

379.

Expression de Noël :
« avoir la tête au Carey ».

380.

THÉORIE DU COMPLOT
Le Père Noël n'aurait jamais existé.

381.

OMICRON

Ce sont les cas non contacts qu'il faut isoler.

382.

DISPARITION D'IGOR ET GRICHKA BOGDANOFF

Le physique cantique.

383.

Les gens bourrés me saoulent.

384.

Désormais j'attendrai la fin de l'année
pour prendre mes résolutions.
C'est plus prudent.

385.

Revends autotest.
Utilisé qu'une fois !

386.

La solution n'est sûrement pas dans la division.

387.

Je ne suis pas contre les contres.
Je suis contre ceux
qui m'obligent à être contre.

388.

J'ai les foies en l'avenir.

389.

Arrête de chercher :
tu vas trouver.

390.

Ce que j'aime avec les Français,
c'est qu'ils perdent plus de temps
à discuter les mesures qu'à les appliquer.

391.

DISPARITION D'ULLIEL
Gaspard trop tôt.

392.

Mon avis à mon avis importe peu.
Ton avis à mon avis m'importe plus.

393.

Le jeu de mots est spirituel.
Il révèle un esprit sain.

394.

Menace russe sur l'Ukraine
Crimée châtiment.

395.

Sois honnête avec toi-même
en reconnaissant
que tu ne l'es pas toujours.

396.

Je pense
comme je m'inspire.

397.

L'intuition ne vient pas de nulle part.
Elle vient d'ailleurs.

398.

Doit-on penser que l'idiot ne pense pas,
ou ne pense pas comme celui
qui ne se croit pas idiot ?

399.

Se lever tôt n'est pas une tare.

400.

L'ignorance
n'est pas un manque d'intelligence
mais de curiosité.

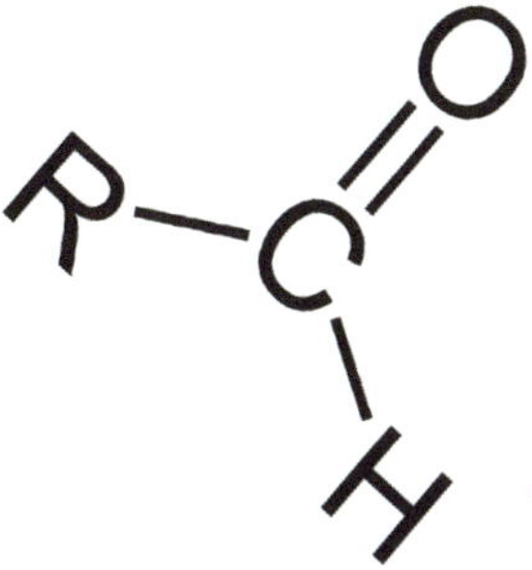

401.

Allez en boîte : ça conserve.

402.

Ceux qui s'écoutent parler
ne s'écoutent pas.

403.

La meilleure leçon
qu'on pourrait donner,
c'est de ne pas en donner.

404.

Ukraine
Poutine souffle l'effroi.

405.

Si tu veux savoir qui a raison,
écoute celui qui parle le moins fort.

406.

Être informé est essentiel.
Être surinformé est toxique.

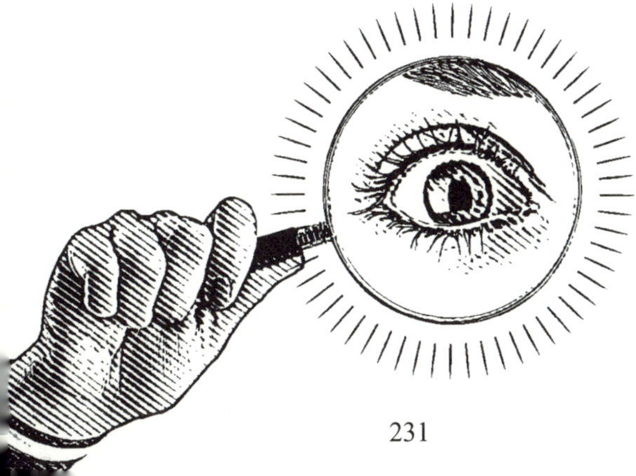

407.

Avec le recul,
je ne suis pas certain
de ce que j'avance.

408.

Étudiant, les seuls examens que j'ai réussis,
ce sont les examens sanguins.
Et encore... J'ai eu un O négatif.

$$0 = 0$$

$$16 - 12 - 4 = 20 - 15 - 5$$

$$4 \cdot (4 - 3 - 1) = 5 \cdot (4 - 3 - 1)$$

$$4 = 5$$

$$2 + 2 = 5\ ?$$

409.

L'erreur n'est pas une faute.

410.

Plus on utilise un sextoy,
plus on a du sexe à piles.

411.

En 2022,
j'ai eu un gros problème d'élection.

412.

La tradition s'arrête
là où commence la souffrance animale.

413.

Ne te pose pas de problème :
tu trouveras la solution.

414.

Affaire McKinsey
C'est dans les cabinets
que se font les grosses commissions.

415.

Je crois en tout
ce qui me fait croître.

416.

Je ne regrette rien.
Sauf cette phrase.

Fin

Achevé d'imprimer sur les presses de l'Imprimerie CHIRAT
42540 Saint-Just-la-Pendue - N° 202209.0190

Imprimé en France